KINIKO'S DIARY

キニ子の日記

上

作
間部香代
絵
クリハラタカシ

WAVE出版

これは、満塁小学校6年F組
キニ山キニ子さんの日記帳です。
担任の須原C介先生に
出したいときに出せばいい、
日記の宿題です。

4月

6年生の数が気になる

笑(わら)っちゃう。今日から6年生。

クラスメイトも先生もかわらないけど、新しい教室は気分がいい。

始業式って、これで何回目かな？　5年生までの1学期、2学期、3学期のぶんで、5×3だから15回。そこから1年生の入学式のぶんを引き、6年生の今日のぶんを足して、やっぱり15回。といいたいところだけど、4年生の3学期の始業式はインフルエンザで休んだから、これで14回目だ。

そんなことを考えていたら、教室に転校生が入ってきた。

ナル森ナル男君。白いシャツにピンクのズボン。芸人(げいにん)さんみたい。

そして、なぞの自己(じこ)しょうかいが始まった。

「星の数ほどいる6年生のなかから、この満塁(まんるい)小学校6年F組のみんなと出会えたのには、きっと意味があるはずだ。それに気づいて『なるほど』といえる日が、ぼくは今から楽しみだなあ」

この人どこから来たのだろう。宇宙(うちゅう)かな。だから星の数なのか。
それより気になることがある。星の数ほど6年生はいないと思うけど、6年生って日本に何人いるのだろう。

6年生全員が買えば、ミリオンセラーです

キニ子さん、進級おめでとうございます。また1年間、キニ子さんの日記が読めることを先生はうれしく思います。

ナル男君の自己しょうかいを聞いて6年生の数が気になるとは、キニ子さんらしくてすばらしいですね。

現在、日本の小学6年生の数は、およそ100万人です。5年生も4年生も、やはり100万人ぐらいいるのですよ。しかし、現在この国で1年間に生まれる赤ちゃんの数はすでに100万人より少ないので、いずれ同じ学年の小学生の数も100万人より少なくなりそうです。

ところで、100万は英語でミリオンといいます。よく耳にする「ミリオンセラー」とは、100万個売れたということ。つまり、今の日本中の6年生が全員買ったぐらい売れたことになるのですよ。

女子が気になる

「キニ子のクラスに来た転校生ってどんな子？」と、お母さんに聞かれた。

「白のシャツに、ピンクのズボンはいちゃう男子」と答えたら、お母さんの目が光った。

「それ、かまぼこデカじゃん！ 昔、『おいしいデカ』っていうドラマで、白いシャツにピンクのズボンをはいた、かまぼこデカっていうけいじがいたの」

お母さんは、ドラマの話をすると止まらない。

「取り調べで、いい話をして犯人を泣かせるたまねぎデカもいたし、やたらと熱いグラタンデカもいたなあ。かまぼこデカは、『おまえを板にくっつけてやる！』っていいながら犯人を追いかけて、それが女子のハートをくすぐったのよ」
「それ、くすぐる？」と聞くと、お母さんの目がまた光った。

「ドラマ女子の私にいわせれば、ずばり、くすぐるわ」
まえから気になっていることがある。お母さんは、いつまで自分を「女子」とよぶのだろう。食事会を女子会というのも、ずっと気になっている。

《女の子》
こっちも女子会

こっちも女子会

「女子」には、ふたつの意味があるのです

『おいしいデカ』、なつかしいなぁ。かまぼこデカは、たしかに女子に人気でした。

その「女子」という言葉には、①女の子②女の人とふたつの意味があります。「男子」も同じです。

これは、「子」という漢字が「子ども」を表すだけでなく「人」を表すときにも使われるからです。女子トイレと男子トイレ、女子マラソンと男子マラソンは、②の意味で使われていますよね。

キニ子さんのお母さんも、②の意味で使っているのかもしれませんし、①だとしても気持ちの持ち方は自由だと思います。ちなみに先生は、②の意味で、自しょう、雑学男子です。

キニ山家の人たち

東京の小さな一けん家で、
それぞれマイペースに暮らす
3人家族

キニ山キニ子

いろんなことが気になる小6女子。学校は楽しいけど、給食の牛乳を飲み干すのがつらい。お父さんとお母さんのことは好きだけど、ときどき腹が立つ。女子とも男子とも仲がいいけど、好きな男の子はとくにいない。

キニ山シンヤ

古本屋の店主。お店は駅の裏側にあり、ネットショップも人気。ブログを書いているけど、家族はだれも読んだことがない。目玉焼きにはしょうゆ派。

キニ山ラン子

フリーのイラストレーター。ドラマ好き、カフェ好き、おしゃべり好き。得意な料理はぎょうざ。自分のかいたイラストが、教科書に使われるのが夢。

漢字を忘れた中国人が気になる

トイレのドアの内側に、また紙がはってあった。私のお父さんシンヤは、深夜に思いついた言葉をトイレにはるくせがある。家族はそれを「シンヤの言葉」とよんでいる。

昨晩のシンヤの言葉は「中国人も漢字を忘れる」だ。

なにがいいたいのかをたずねたら、お父さんはそれには答えないで、「『中国人も漢字を忘れる』の反対語は、『イギリス人はアルファベットを忘れない』だ」といいだした。

そして、「『イギリス人はアルファベットを忘れない』の類義語は、『日本人はひらがなを忘れない』だ」といった。

そして、「『日本人はひらがなを忘れない』の関連語は、『日本人は漢字を忘れると、ひらがなで書く。カタカナのときもある』だ」といった。

「それなら、中国人が漢字を忘れたらどうするの？」と聞いたら、お父さんは「うーん」と考えこんでから、大きな声でいった。

「中国人は、ぜったいに漢字を忘れない！」
え？「中国人も漢字を忘れる」って、シンヤの言葉に…。
それで、忘れたらどうするのだろう。

便利な時代になりました

中国の人が漢字を忘れたときは、基本的に調べるそうです。現代ではスマートフォンなどでささっと調べる人が多いと聞いています。

そのスマートフォンやパソコンのふきゅうで、中国の人もあまり字を書かなくなり、漢字を忘れることが増えたとか。日本人もそうですが、メールではなく手紙を書く習慣があれば、漢字を忘れることも減るかもしれませんね。

しかし、「字を書くために手紙を出そう」と中国の人に文字で伝えると、びっくりされると思います。「手紙」は、中国語でトイレットペーパーという意味だからです。

それはそうと、先生も「C介の言葉」をトイレにはってみようかなぁ。

4月　16日

教科書の¥00000Eが気になる

「うちの犬が教科書におしっこしてさー。昨日、新しい教科書を買ってきたよ。684円だった」

となりの席のホラ男君が、ほんとうだろうか。なにしろホラ男君は、ホラふきだ。ふだんは、「おれはアラブのスパイの親分、アラブンと友だちだ」とか、「先祖は、一休さんのいとこの三休さんだ」とか、ぜんぜん気にならないホラをふく。

「教科書が、684億円もした」といわなかったから、ほんとうかもしれない。だけど変だ。教科書の裏には「¥00000E」と書いてあるから、教科書はただのはずだ。だからやっぱり、教科書を買ったというのはホラだ。

いや、ちがう。教科書はただでもらえるけど、それは国が税金で買ってくれるからで、教科書には値段があるはずだ。ただじゃないし、ホラでもない。

それならなぜ「¥00000E」と書いてあるのだろう。「0」が多すぎるのも、すごく気になる。もしかしたら「子どもはお金の心配をしなくていいよ」という、おとなのやさしさかもしれないな。

1200円の本なら「¥1200E」
100000円の本なら「¥00000E」

図書?

よい　としょ(良い図書)
4月10日は教科書の日
教科書=教科用図書の略

ずばり、タイミングの問題です

ホラ男君は2冊目なので自分で教科書を買いましたが、みんなは無料でもらいましたよね。キニ子さんのいうとおり、それらは税金で買っているので、国が決めた定価があります。では、なぜ教科書に書かないのか。

教科書の定価は毎年変わり、その年の2月のなかごろに国が発表します。しかし4月から使う教科書は、そのころにはすでにできているので間に合わないのです。おとなのやさしさではなく、おとなの事情でごめんなさい。

5つの「0」も気になりますよね。日本では、流通するすべての本に、「¥」と「E」の間に定価を書くよう決められています。また、定価を書く数字は5けたまで、6けたになる100000円以上の本や、教科書のように定価を書かないときは「¥00000E」と書くルールになっています。

ちなみに、4月10日は、「良い図書」で教科書の日です。教科書が図書?　と思うかもしれませんが、教科書の正式名しょうは「教科用図書」なんですよ。

キニ子の友だち

5年生のときから、なぜか気の合う仲間に、
転校生がひとり加わって。
キニ子を取りまく6年F組の友だち。

プロ田プロ子

いろんな分野のプロフェッショナルを目指し、自分をみがく日々。プロのテクニックをひろうして、静かにほほえむプロ子さんを、みんなは一目置いている。勉強も運動も得意で、絵もプロ級、歌もオペラ歌手のような表情で歌う。1年生のときから同じヘアスタイル。インフルエンザにかかったことがない。

サラ川サラ子

見た目がサラリとしていて、親せきのおじさんに「水に似ている」といわれたことがある。性格もサラリとしていて、みんなとさわいだりしないが、友だちは多い。中学生の兄がいて、ふたりともいつもジャージを着ている。将来の夢は女子アナだということは、だれにもいっていない。あまり、かにさされない。

ナル森ナル男

満塁小学校にやってきた転校生。ピンクが好きらしい。勉強はわりとできるらしい。「なるほど」が口ぐせらしい。まえの学校は横浜だったらしい。

ホラ口ホラ男

キニ子とは1年生から同じクラス。昔から変なホラをふくくせがある。4年生の弟と、3年生の妹と、1年生の妹がいる。兄弟そろってよく忘れものをするので、お母さんがまとめて届けにくることがある。そのとき、みんなのまえでお母さんに「にいに」とよばれるのが、すごくはずかしい。クラスでいちばん声が大きい。

ちっ素が気になる

理科の授業で実験をやった。

石灰水の入ったびんのなかでろうそくを燃やして、燃えたあとでびんをふったら、石灰水が白くにごった。びっくりした。ものが燃えることで、酸素が減って、二酸化炭素が増える。そんなことが、この見えない空気のなかで起こっていることが不思議でしかたがない。

サラ子ちゃんに話したら、「そうだね」とサラリといわれた。サラ子ちゃんは6年生になっても、あいかわらずサラリとしている。

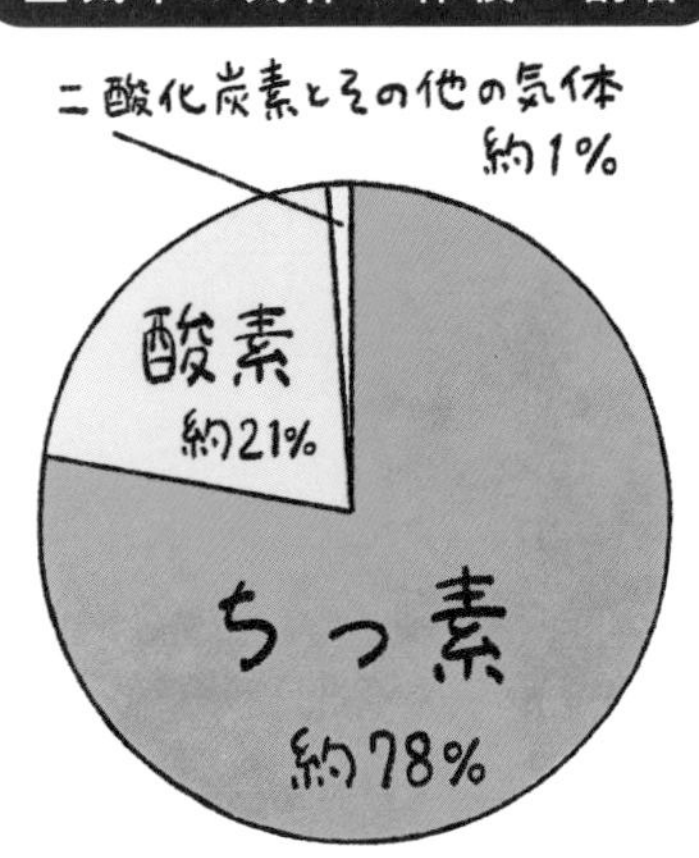

もうひとつ、びっくりしたことがある。酸素と二酸化炭素のことを知るために実験までしたのに、教科書のグラフを見たら、なんと空気のほとんどは、ちっ素だった！

なのに、ちっ素についてはぜんぜん習わないなんて不思議だ。

サラ子ちゃんに話したら、「そうだね」と、またサラリといわれた。

負けるな、ちっ素。がんばれ、ちっ素。

だけどちっ素って、なにをがんばっているのだろう。

酸素ではだめなときが、出番です

習わなかったことに疑問をいだくキニ子さん、すばらしいです！

ちっ素は、酸素の代わりに使われることがあります。酸素には、酸化といって、食べものや金属などの品質を低下させる性質があります。切ったりんごが時間とともに茶色くなるのも、酸化のせいです。その酸化を防ぐため、たとえばポテトチップスのふくろには、ちっ素が入れられています。

また、飛行機のタイヤのなかにも、ちっ素が入っています。酸素は部品をさびやすくするほか、ものを燃やす性質もあるため、ばく発や火災につながる危険があります。ちっ素なら、その心配はないからです。

パンパンの
ふくろのなかには、ちっ素が

飛行機の
タイヤのなかにも
ちっ素が

酸化させない、燃やさない
なにもしないのがいいみたい

消しゴムが気になる

図工の時間に、ナル男君がプロ子さんの絵の具パレットを見て、こういった。

「なるほど。プロ子はさすがだな。パレットが新品みたいだ」

あのプロ子さんをよびすてにするなんて！

ナル男君のそういうところが気になっていると、「パレットのよごれは、消しゴムで消せるのよ」と、プロ子さんが教えてくれた。

やってみたら、ほんとうに消えた！　さすがプロテクニックの女王、プロ子さんだ。

「消しゴムは、ゆかとか家具とか電化製品とかのよごれも落とせるの」

プロ子さんの言葉を聞いて、あれ？　と思った。

家具のよごれよりも、消しゴムが消すべきものがあるような気がする。

それは色えんぴつだ。えんぴつは消すのに、色えんぴつは消さないなんて、どうかしている。絵の具パレットや

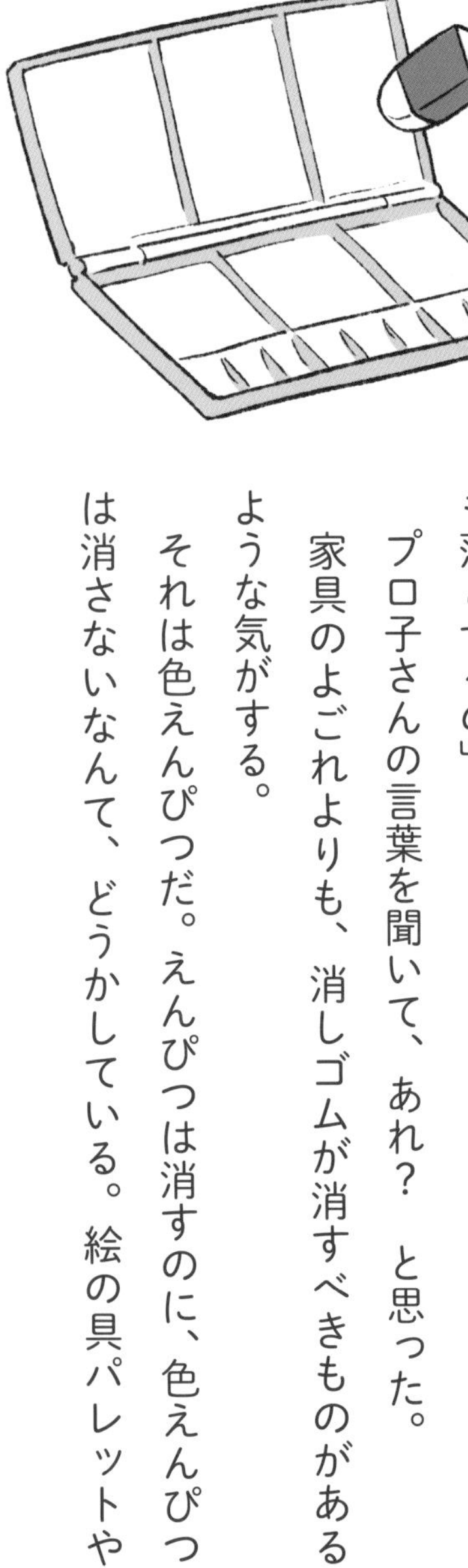

家具のよごれを消している場合じゃないと思う。消しゴムのことが、よくわからない。

えんぴつと色えんぴつは、仕組みがちがうのです

えんぴつの線は、紙のせんいの上に黒い粉がのっているだけの状態です。よく使われているプラスチックの消しゴムは、その粉をからめ取るようにして、線を消します。

　パレットやゆか、家具などのよごれも、表面によごれの成分がのっただけのことが多いので、消しゴムで落とせるのです。

　色えんぴつは、油性の成分が紙のせんいのなかまで入りこむので、こすっても取れません。色えんぴつには、からめ取る力がより強い、専用の消しゴムがあります。

　えんぴつと色えんぴつのように、似ているけどちがうものは、ほかにもありそうですね。

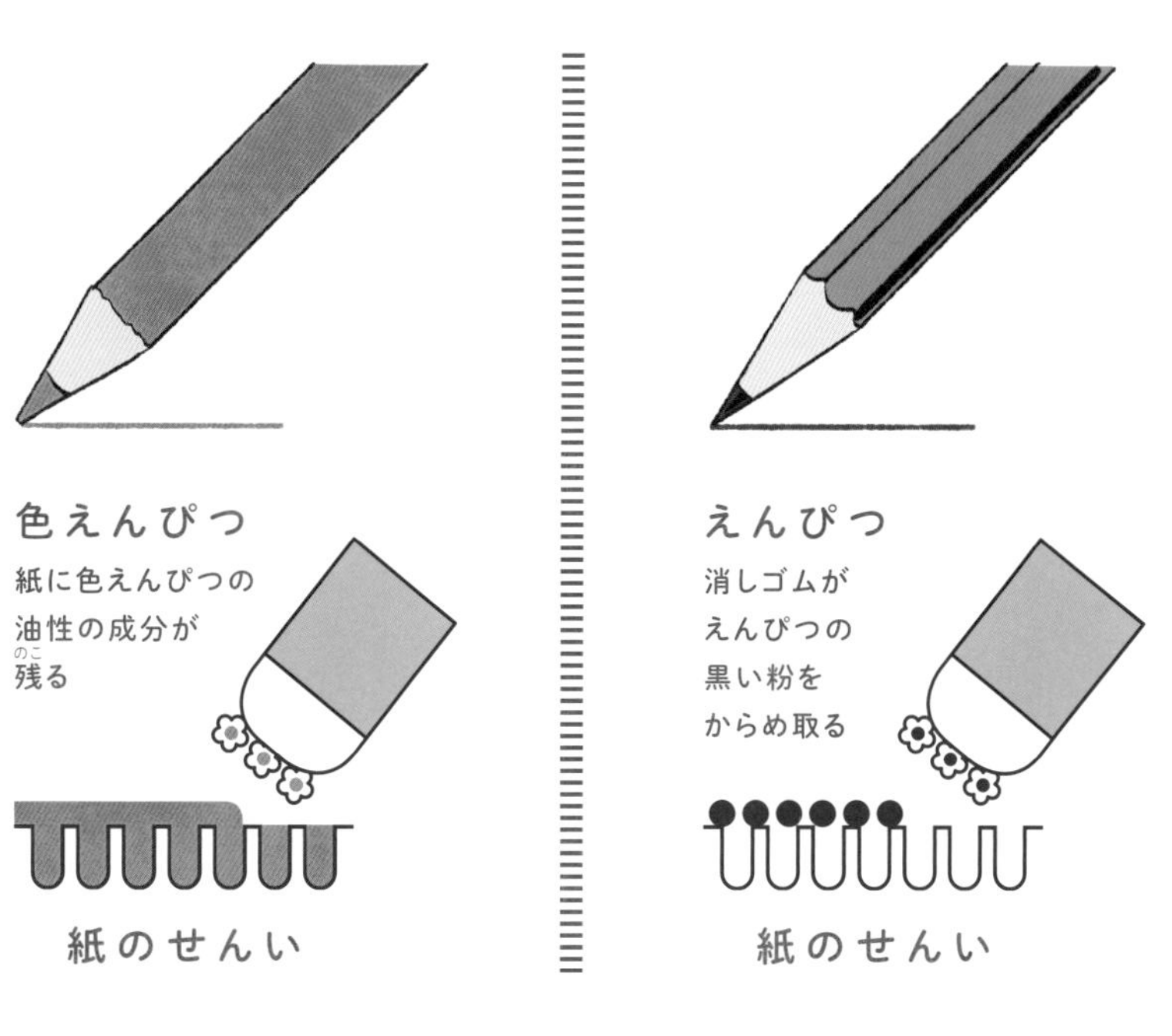

似ているけど、ちがいが気になるもの

このちがい、わかりますか?

児童と生徒と学生

小学生は児童。中学生・高校生は生徒。大学生は学生。学生証・学生割引などのときは、大学生以外も学生に当てはまる。

じょうぎとものさし

じょうぎは、線を引くときに使うもの。ものさしは、長さを測るときに使うもので、はしからメモリがついている。

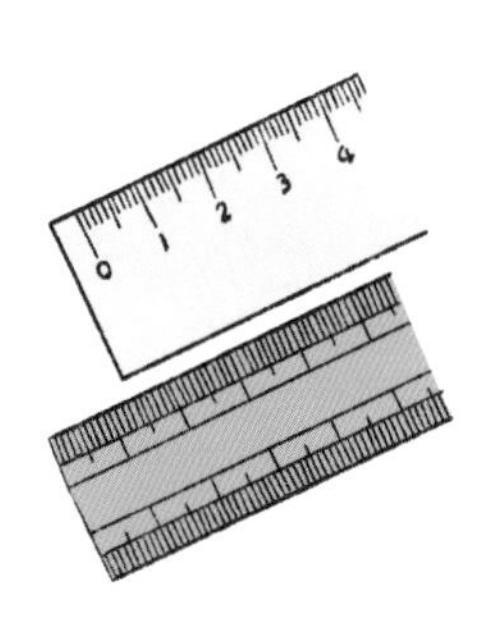

ベランダとバルコニー

ベランダは、建物の外にはりだしていて屋根がある。バルコニーは、2階以上にあり、屋根がなく手すりがある。

あしかとあざらし

あしかは、前足と後ろ足を使って歩く。耳たぶがある。あざらしは、前足を使ってすべるように動く。耳たぶがない。

とらとチーターとひょうの模様

とらは、縦線。木になじむ。チーターは、黒のはん点模様。ひょうは、茶と黒の円の模様。黒い点や円は、草原のかげのように見えて目立ちにくい。

ピクニックとハイキング

ピクニックは、屋外に出かけて食事をすることが目的。ハイキングは、山などの野外を歩くこと自体が目的。

5月

5月　2日

祝日と祭日が気になる

世の中はゴールデンウイークだというのに、どこにも行く予定がない。

お母さんにもんくをいったら、「仕事がたまってて、私もどこにも行けないの」といわれた。お父さんも、「おれも店あるし、どこにも行く予定がないなあ」といってきた。

知ってます。だから私も予定がなくて、困っているのです。

「キニ子、祝日は家でも楽しめるぞ。昭和の日はもう過ぎたけど、昭和に流行した歌を歌う日にするとかさ。明日の憲法記念日には、憲法を読んでみる。でも、うちには憲法なんてないから新聞でも読んで。新聞を読みすぎて目がつかれたら、緑をたくさん見て目をリラックスさせるんだ。もちろん、みどりの日にな。でもって、こどもの日は…ありのままのキニ子でいたらいいのだよ！」

お父さんが、おれ、今いいことといった！　みたいな顔をしていると、「祭日って、少しずつ変化してるよね」と、お母さんがいきなり話をそらしてきた。まずい。ごまかされていく。

なのに私も、「祝日と祭日ってちがうの？　気になるんだけど」なんていってしまい、「いっしょだろ」「ちがうんじゃない？」と意見がわかれて…。

おでかけの話がどんどん遠くへ行ってしまった。遠くへ行きたいのは、私なのに。

あるのは、祝日と休日です

昭和、憲法、みどり、こども。キニ子さんのお父さんのおかげで、祝日の順番を覚えることができました。

さて、祝日と祭日ですが、実際には祝日しかなく、現在は祭日とよばれる日はありません。祭日というのは、皇室が日本独自の宗教ぎ礼を行う日で、１９４７年に、はい止されました。

祝日のほかには「休日」というのがあります。日曜と祝日が重なったときの、ふりかえ休日のほかに、祝日と祝日にはさまれた平日も、休日として学校が休みになるのですよ。オセロゲームみたいですね。

今週の日曜が気になる

今日、ろうかでナル男君とホラ男君が、変な話をしていた。
ナル男「ホラ男、あれっていつだっけ？」
ホラ男「今週の日曜」
ナル男「なるほど。あ、キニ子も行かないか？」
急に話をふられて、びっくりした。「あれ」といわれても、わからないし。
ホラ男「ナル男、だから今週の日曜！」
ナル男「ぼくは日曜、空いてるよ。キニ子は？」
私は空いてない。
ホラ男「ナル男、タイムマシンに乗ってるのかよ」
乗ってそう。
ナル男「は？」
ホラ男「もう終わったって、日曜に」
ナル男「今週の日曜って、次だろ？」
ホラ男「このあいだの日曜だって」

ナル男「まじで？」

どういうこと？　あれってなに？

カレンダーのせいですね、きっと

今日が13日だとしたら…

日	月	火	水	木	金	土
					1	2
3	4	5	6	7	8	9
⑩	11	12	⑬	14	15	16
17	18	19	20	21	22	23
24	25	26	27	28	29	30
31						

今週の日曜は
10日

月	火	水	木	金	土	日
				1	2	3
4	5	6	7	8	9	10
11	12	⑬	14	15	16	⑰
18	19	20	21	22	23	24
25	26	27	28	29	30	31

今週の日曜は
17日

おそらくホラ男君は日曜始まりのカレンダーを、ナル男君は月曜始まりのカレンダーを見ていたのだと思います。

じつは、先生も妻とちがうカレンダーを見ていて、話が食いちがったことがあるんですよ。

日曜始まりはかべにかけるカレンダーなどに多く、月曜始まりは手帳などに多いようです。

日曜始まりの起源はキリスト教です。イエス・キリストは金曜日にはりつけにされ、日曜に復活したとされ、その復活の日は「週のはじめの日」と、聖書に書かれているからだそうです。

しかし、1971年にイギリスが月曜始まりを定番とし、日本でも1995年に学校が完全に週休二日制となったため、予定が管理しやすい月曜始まりが広まっていったようです。

カレンダーの気になる話

◇◇◇◇◇◇◇◇◇◇◇◇◇◇◇◇◇◇◇◇◇◇◇◇◇◇

1月

月	火	水	木	金	土	日
		1	2	3	4	5
6	7	8	9	10	11	12
13	14	15	16	17	18	19
20	21	22	23	24	25	26
27	28	29	30	31		

2月

月	火	水	木	金	土	日
					1	2
3	4	5	6	7	8	9
10	11	12	13	14	15	16
17	18	19	20	21	22	23
24	25	26	27	28	29	

3月

月	火	水	木	金	土	日
						1
2	3	4	5	6	7	8
9	10	11	12	13	14	15
16	17	18	19	20	21	22
23	24	25	26	27	28	29
30	31					

4月

月	火	水	木	金	土	日
		1	2	3	4	5
6	7	8	9	10	11	12
13	14	15	16	17	18	19
20	21	22	23	24	25	26
27	28	29	30			

5月

月	火	水	木	金	土	日
				1	2	3
4	5	6	7	8	9	10
11	12	13	14	15	16	17
18	19	20	21	22	23	24
25	26	27	28	29	30	31

6月

月	火	水	木	金	土	日
1	2	3	4	5	6	7
8	9	10	11	12	13	14
15	16	17	18	19	20	21
22	23	24	25	26	27	28
29	30					

7月

月	火	水	木	金	土	日
		1	2	3	4	5
6	7	8	9	10	11	12
13	14	15	16	17	18	19
20	21	22	23	24	25	26
27	28	29	30	31		

8月

月	火	水	木	金	土	日
					1	2
3	4	5	6	7	8	9
10	11	12	13	14	15	16
17	18	19	20	21	22	23
24	25	26	27	28	29	30
31						

9月

月	火	水	木	金	土	日
	1	2	3	4	5	6
7	8	9	10	11	12	13
14	15	16	17	18	19	20
21	22	23	24	25	26	27
28	29	30				

10月

月	火	水	木	金	土	日
			1	2	3	4
5	6	7	8	9	10	11
12	13	14	15	16	17	18
19	20	21	22	23	24	25
26	27	28	29	30	31	

11月

月	火	水	木	金	土	日
						1
2	3	4	5	6	7	8
9	10	11	12	13	14	15
16	17	18	19	20	21	22
23	24	25	26	27	28	29
30						

12月

月	火	水	木	金	土	日
	1	2	3	4	5	6
7	8	9	10	11	12	13
14	15	16	17	18	19	20
21	22	23	24	25	26	27
28	29	30	31			

ゾロ目の日が同じ曜日に！

4月4日、6月6日、8月8日、10月10日、12月12日、つまり2月をのぞく、ぐう数の月の「ゾロ目の日」は、全部同じ曜日になります。

理由 4月4日から6月6日まで、6月6日から8月8日まで、それ以降（いこう）も同じように、ぐう数のゾロ目の日から、次のぐう数のゾロ目の日までを数えると、どれも「63日」。63は、1週間の日数の7で割（わ）り切れるため、同じ曜日になるのです。
ちなみに、3月3日、5月5日、7月7日も同じ曜日に。9月9日と11月11日も同じ曜日になります。

クイズ 毎月22日は、なんの日でしょう？

月	火	水	木	金	土	日
				1	2	3
4	5	6	7	8	9	10
11	12	13	14	15	16	17
18	19	20	21	22	23	24
25	26	27	28	29	30	31

カレンダーをよーく見て。22日のまわりの数字に関係（かんけい）が！

（こたえは34ページのどこか）

須原C介先生

自しょう、雑学男子。子どもと本が大好き。地味でまじめな自分はきらいではないけれど、からをやぶりたい自分もいて、かっこいいものにあこがれている。2年前に結こんしたが、現在はひとり暮らし。D介という、ふたごの弟がいる。

青春が気になる

遠足で、檜原（ひのはら）村に行った。昔話に出てくるような山があって、川があって、東京とは思えないところだった。

小学生さいごの遠足は、すべて自由行動。だけど、檜原村にはなにもない。遊ぶものも、調べるものも、学ぶものもない。先生がいっていた「ほんとうに自由行動です」という意味がわかった。

川で水切りをやった。はじめて木に登った。そのあと、その辺（へん）の草をむしり取ってぶんぶんふりながら、みんなで一列になって一本道を歩いた。

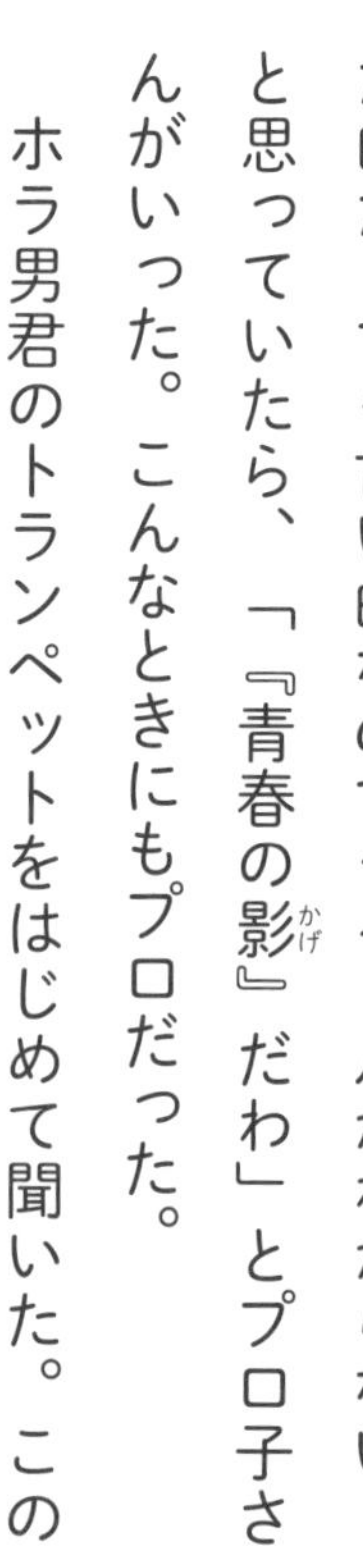

ホラ男君がトランペットを持ってきていて、列の先頭でふき始めた。お父さんがカラオケで歌っていた曲だ。でも古い曲なのでタイトルがわからない。と思っていたら、「『青春の影（かげ）』だわ」とプロ子さんがいった。こんなときにもプロだった。

ホラ男君のトランペットをはじめて聞いた。このあいだ、ろうかでナル男君が「今週の日曜」に行こうとさそってくれたのは、ホラ男君が入っている、すい奏楽団の演奏会だった。

その日曜は過ぎていたので行けなかったけど、もし次の日曜だったら…。

ちょっと行ってみたかった。でも私は、その日曜は用事があったので、さそわれても行けなかった。そうしたらナル男君は、ほかの子をさそったのかな。想像すると、なんだか変な気持ちになる。

歩きながらそんなことを考えていたら、いつのまにか、みんなで「かえるのうた」の輪唱をしていた。そのうち、「かえる」をみんなの名前にかえて歌うことになった。先頭のホラ男君が、順番に名前を入れかえてひとりずつずらして歌っていった。「キニ子のうたが～」になったとき、ドキンとした。きんちょうした。そして、うれしかった。

どうしてだろう。みんなで歌って歩いているだけなのに、とても不思議な気持ちになった。そして、「青春」という言葉が頭にうかんだ。

青春って、今日みたいな日のことをいうのかな。

青春って、なんだろう。気になる。

青春とは、1冊の本のようなものだと先生は思います

青春の夢に忠実であれ

シラー（ドイツ／詩人）

不来方のお城の草に寝ころびて
空に吸はれし十五の心

盛岡城の草の上に寝ころんでいると
空に吸いこまれそうになった
十五才の我が心よ

『一握の砂』石川啄木（日本／歌人）

いい遠足でしたね。5月の風にふかれたF組のみんなの顔を、先生は一生忘れないと思います。

キニ子さんたちは、青春の入口の、少し手前あたりに立っているのでしょうね。ほんとうの青春は、まだこれからです。

青春時代は、夢に向かってがんばったり、新しい自分と出会ったり。友だちとの時間もさらに楽しくなりますが、友だちも自分のことで精いっぱいなので、ぶつかることもあるかもしれません。そんな毎日を夢中で過ごすのが青春です。

キニ子さんは本が好きですか？　先生は大好きです。

1冊の本を夢中で読み、さい

青年は教えられるより、
刺激されることを欲する。

『詩と真実』より　ゲーテ（ドイツ／詩人・作家）

傷つけ、傷つけられる、
そのいたみこそ青春のあかしだ。
青春こそがこの世界の肉体であり、
エネルギー源なんだ。
青春は永遠に、はじめからのやり直しだ。

岡本太郎（日本／芸術家）

青春とは1冊の本のようなもの。
大切なことがひとつでも見つかれば、
じゅうぶんだ。
その1冊が、次の1冊につながれば
幸せ者だ。

須原C介（日本／教師）

ごまで読み終わったとき心に残ることがひとつでもあれば、先生は幸せです。

青春も、本に似ています。

あとからふり返り、心に残ることがひとつでもあればじゅうぶん。もっとあればラッキー。そんな気持ちで、青春のとびらをたたいてみてください。

さらに先生は、こうも思います。1冊の本を読み終えたあと、ちがう本が読みたくなるように、青春もちがうかたちで続いていくのではないかと。

先生は今、3冊目の青春を過ごしているような気持ちでいます。

キニ子さん、まずは1冊目の青春をがむしゃらに過ごしてください。先生はずっと応えんしていますよ。

かえるの合唱が気になる

檜原村で一列になって歩きながら、「かえるのうた」のかえ歌を歌ったことをときどき思い出す。「かえるのうた」を「名前のうた」にするだけで、遠足の楽しさを変えることができるんだ。あれ？　かえる、変える。それから、代える、買える、飼える…。帰ると返るも、かえるだ。かえると読む漢字、多すぎ。

そういえば、遠足から帰るバスのなかでプロ子さんが、「かえるのうた」のタイトルは、ほんとうは「かえるの合唱」だと教えてくれた。

おばあちゃんの家にとまったときのことを思い出した。夜ねるときに、外でかえるが大きな声で鳴いていて、その声を聞いているうちにねむってしまう。1ぴきや2ひきじゃなくて、すごい数のかえるが鳴いているから、ほんとうに合唱のようだ。

だけど、どうしてかえるはあんなに鳴くのだろう。

それが、かえるの青春なのかな。

青春と技術の輪唱です

かえるが大きな声で鳴くのは、おもにオスがメスにアピールするためです。ある意味、青春の歌声かもしれませんね。

そのかえるの鳴き方について、おもしろい研究が発表されています。

オスのニホンアマガエル3びきが鳴いているところを分せきしたら、声が重ならないように3びきが声を出すタイミングをずらしていること、そして3びきとも同時に鳴きやんで、休んでからまたタイミングをずらしながら鳴き始めることがわかったそうです。

つまり、みんなでいっしょに鳴くけれど、少しずつずらして鳴く。まさに輪唱といえますね。

このかえるの輪唱の仕組みが、インターネットで情報を送る技術に取り入れられています。たとえば、１００台の機械から一か所に、いっせいにデータを送信すると、送信がぶつかってトラブルが起きます。しかし、かえるの輪唱のように、となり同士の機械がタイミングをずらしてデータを送れば、送信がぶつからずトラブルが防げるというのです。すばらしい！　と先生は感動してしまいました。

使いわけが気になる漢字

「かえる」のように同じ読み方の漢字、使いわけられますか？

【表す】と【現す】

表す…表現する。内側にあるものを表に出す。

（もともとは形のないもの）

「気持ちを表す」「言葉に表す」


現す…かくれていたものを見えるようにする。

（もとから形のあるもの）

「姿を現す」「正体を現す」

顔に感情を表さないタイプ

どこにでもひょいと姿を現すタイプ

【解答】と【回答】

解答…問題などを解いて答えを出すこと。

（正しい答えがある）

「テストの解答」「解答用紙」

回答…質問などに答えること。（正解がなく返事に近い）
「アンケートの回答」「問い合わせの回答」

問題
毎月22日はなんの日？

解答
ショートケーキの日。
上に、いちごがのっているから。

質問
好きなケーキの種類は？

回答
ショートケーキ。
上に、いちごがのっているから。

【修業】と【修行】

修業…学門や技芸などを習って身につけること。

（ゴールがある）

「花よめ修業」「修業中の身」


修行…仏教のさとりを得ようとする。武道を身につける。学門や技芸をみがくために努力すること。

（ゴールがない）

「じゅう道の修行」「修行の旅」

板前の修業にはげむ

じゅう道の修行を積む

工事現場のねこが気になる

うちのとなりに新しい建物が建つ。毎日、工事の音がうるさいけれど、どんな建物ができるか想像すると、音が少し小さく聞こえる。不思議だ。

今日、まえを通ったら、工事の人たちの話が聞こえた。

「ねこ、どこ行った？」

「こっち、こっち」

工事現場で、ねこを飼っているようだ。


　そういえば、工事が始まるまえに工事の人があいさつに来た。そのときにもらったタオルがうすっぺらくておどろいたのと、タオルに「アニマル建設」と書いてあったのを思い出した。アニマル建設だから、ねこを飼っているのかもしれない。

　そのあと、こんな声が聞こえてきた。

「とらはどこ？」

「とらもこっち。ねこの上」

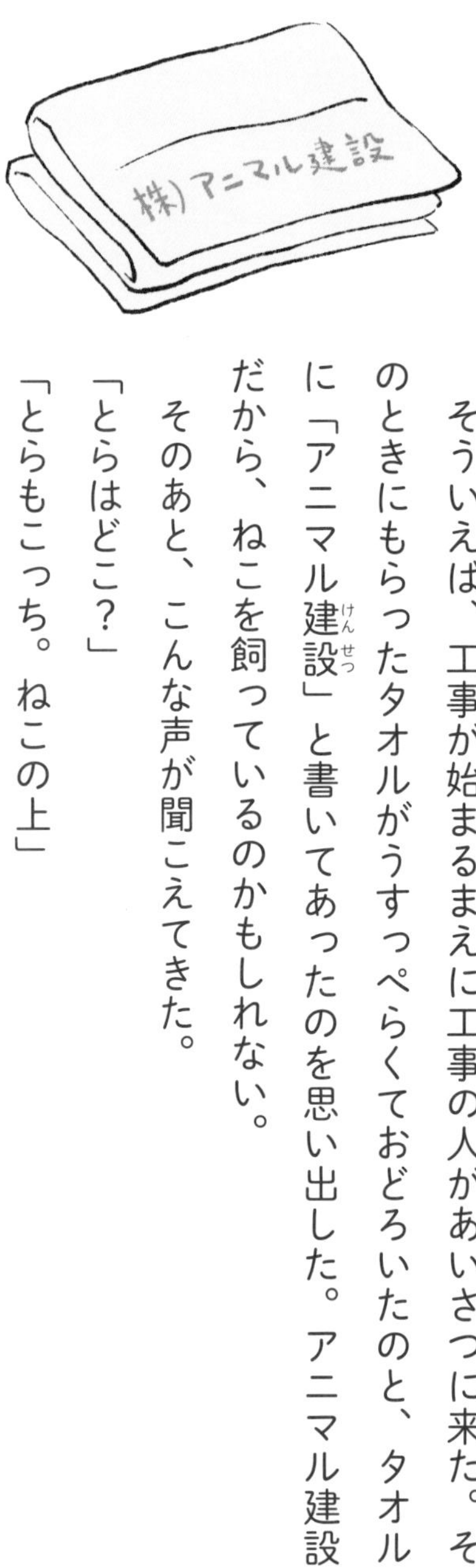

ねこの上に、とら？　こわいので急いで帰った。どういうことだろう。

ほかの工事現場にも、ねこはいますよ

　どんな建物ができるのか想像すると、音が小さく聞こえるなんて、おもしろいですね。先生は歯医者で治りょうされているとき、ごちそうを食べているところを想像していますが、痛みはあまり変わりません。

　さて、工事現場で「ネコ」といえば、資材などをのせる手おし車のこと。「ネコ車」ともよばれています。理由は、ねこのようにせまいところも通れるからとか、ごろごろとねこがのどを鳴らすような音を立てるからとか、裏返すとねこみたいだからとか、いろんな説があります。「トラ」とは、黄色と黒のしましまのロープのこと。こちらは色からきているのでしょう。

　工事現場には、ほかにも動物がかくれていますよ。

録音した声が気になる

クラスの子のお母さんたちが学校にやってきて、みんなをさつえいししていた。卒業記念のDVDを作ってくれるらしい。プロ子さんのお母さんも来ていた。

プロ子さんのお母さんは、ふだんはどういう仕事をしているのかな。ひとりだけ、テレビ局のカメラマンのようだった。服装も、カメラの持ち方も、さつえいの仕方も、ほかのお母さんとはちがってプロっぽかった。

私たちもカメラのまえで、「満塁小の思い出は？」と聞かれた。私は「遠足」と答えて、サラ子ちゃんは「毎日」と答えて、プロ子さんはなにも答えなかった。プロ子さんのお母さんが「なにかいったら？」と目で合図をしていたけど、だまったままだった。

あとでプロ子さんに理由を聞いたら、「録音したときの自分の声がきらいだから」といっていた。た

しかに！　動画で録音された自分の声を聞くと、変な声でがっかりする。
どうして変な声になるのか気になる。

声の伝わり方がちがうのです

写真に写る顔より鏡に映る顔のほうがいいという人が多い

声は通常、空気のしん動によって耳に伝わります。でも自分自身の声は、耳から聞こえる声と、自分の体内を通って聞こえる声がミックスされて聞こえています。録音された声は、自分以外の人に聞こえている声を、さらに機械で再現しているのですから、自分が聞いている声とはちがって当然なのです。

しかし、録音した声を「ちがう」と思うだけでなく、「いつもの声よりよくない」と感じることはありませんか？　それは、「いつもの声がいい」と無意識に思っているからです。

人間には、よく知っているもののほうがよく思える心理があり、これを「ザイオンス効果（単純接しょく効果）」といいます。自分の顔も、写真に写った顔よりも、いつも見ている鏡のなかの顔のほうがよく思えることがあるようです。

自分のことだけでなく、何度も会っている友だちや、何度も聞いている歌のほうが印象がよくなるものなんですよ。おもしろいですね。

気になる存在になる話

◇◇◇◇◇◇◇◇◇◇◇◇◇◇◇◇◇◇◇◇◇◇◇◇◇◇◇

身近な心理学「ザイオンス効果」

人は、何度も見たり聞いたりしたもののほうが、好きになったり印象がよく思えるもの。これは「ザイオンス効果（単純接しょく効果）」とよばれる心理的な効果で、いろんな実験で証明されています。

たとえば好きな人に…

好きな人にはときどき連らくをして、相手と接する回数を増やしていくのが効果的。

ポイント

やりすぎは「しつこい」と思われる。10回接したころに、いちばん親しみを感じる。10回以上やってもそこからは変わらない。

たとえば買いもののときに…

CMや看板などでよく見るもののほうが、親しみやすく、買いやすくなる。

ポイント

第一印象がとっても大切。さいしょの印象がよくないCMは、見れば見るほど印象が悪くなっていく。スタートをまちがえると逆効果になってしまうので要注意。

6
月

6 月 3 日

びしょぬれのおまわりさんが気になる

昨日の夜、うちにおまわりさんが来た。お父さんが、たいほされるのかと思ってびっくりしたけど、ちがった。となりの工事現場に、子ねこがいたからだった。

手おし車の下にいたと、おまわりさんが教えてくれた。

ネコの下に、ねこがいたのだな、と思った。

外はどしゃぶりで、子ねこは毛がぬれて、ますます小さくなっていた。「みゃあ」と鳴いた。かわいくてたまらない。

「おたくのねこですか？」と聞かれて、お母さんが「ちがいます」と答えた。

そうです、と答えてほしかったけど、おまわりさんにうそはつけない。「ちがうけど、飼いたいです！」っていいたいなと思っていたら、

「ちがうけど、飼いたいです！」

お父さんが、そういった。

私がいいたかったのに。セリフどろぼうだ！　たいほしてほしかった。

「では、飼い主がいないか確認します」
そう答えてくれたおまわりさんは、子ねこよりもびしょぬれだった。
そのとき気づいた。そういえば、おまわりさんが、かさをさしているところを見たことがない。気のせいかな？

警察官はかさNG、外国の人は雨OK

警察官は、服務規程というルールで、身につけていいものが決まっています。警視庁のルールでは、雨用の服や、ぼうしをおおうものは認められていますが、かさは認められていません。仕事のじゃまになるからでしょうね。もちろん、仕事が休みのときは自由です。

ところで、日本は年間の降水日数は世界で13位でありながら、国民ひとりあたりが持っているかさの数は世界一。1年に1億3000本ほどのかさが消費されています。いかに日本人が、かさをよく使うかがわかります。

しかし、ヨーロッパやアメリカでは、雨でもかさをささず、洋服のフードをかぶって歩く人も多いようです。たしかに外国映画で、そういうシーンを見たことがあります。先生はこれまで、フードがなんのためについているのかわからなかったのですが、なんだかかっこいいので、今度まねしてみようと思います。

犬の種類が気になる

工事現場にいた子ねこをうちで飼うことになった。警察で、飼い主がいないということが確認されたからだ。動物病院で検査をして、ワクチンも打った。

すごくかわいくて、すごくうれしい。お父さんもすごくうれしそうにしていて、それを見ると、なぜか腹が立つ。

子ねこは、目のまわりが黒いので、タヌキという名前にした。ねこのタヌキだ。

ねこが来たことを学校で話したら、プロ子さんは「うちには、しば犬がいるのよ」、サラ子ちゃんは「うちはダックスフンド」、ホラ男君は「うちはパグ犬がいる」と教えてくれた。まえに、ホラ男君の教科書におしっこをかけたのは、パグ犬だったのか。

それより気になることがある。3人とも「犬を飼っている」といわないで、わざわざ犬の種類を教えてくれた。たしかに、しば犬とダックスフンドとパグ犬ではぜんぜんちがうから、「犬」というよりわかりやすい。

だけどうして犬は種類によって、あんなにちがうのかな。ねこは、あんまりちがわないのに。

犬種の数は、人間のリクエストの数です

犬の種類は、７００～８００もあるといわれています。そのうち世界的な団体で公認されているのは約３５０種。いっぽう、ねこは公認で50種程度です。

犬種が多いのは、人間が増やしたから。目的に合わせ、ちがう種類の犬をかけ合わせていく、いわゆる品種改良をしたためです。

ドーベルマンは飼い主を守る護衛犬・警備犬として、ダックスフンドは穴のなかに住むあなぐまやうさぎなどをつかまえる犬として、ブルドッグは牛とたたかう犬として、そしてマリー・アントワネットにも愛されたパピヨンは、家庭犬として生まれました。

いっぽう、ねこの種類にそれほどちがいがないのは、犬のようにいろんな仕事をするのに向いていないため、目的に合わせた品種改良がされなかったからだそうです。ねこの仕事は、人間の仕事を助けるというよりも、人間の心をもてあそぶことかもしれませんね。

6 月 13 日

浮世絵が気になる

ゴールデンウイークにどこにも行かなかったので、お父さんが浮世絵美術館に連れて行ってくれた。浮世絵には興味がなかったけど、割引券をもらったから行き先を変えるのは無理だった。

でも意外とおもしろかった。

大きな波の向こうに富士山が見える浮世絵は、私も知っている。

「この有名な絵の本物があるなんて、さすが浮世絵美術館だね！」と感心していたら、浮世絵は版画だから何枚も刷っていて、いろんなところにあると教えてもらった。

パネルに、浮世絵は海外の画家にもえいきょうをあたえたと書いてあり、ゴッホがかいた浮世絵そっくりの絵があった。「パクリだ！」と、指をさしたら、「模写だ」とお父さんがいった。

だけど変だ。浮世絵がはやった江戸時代は、外国とつきあえない鎖国の制度があったと先生がいっていた。海外の画家は、どうやって浮世絵を知ったのだろう。

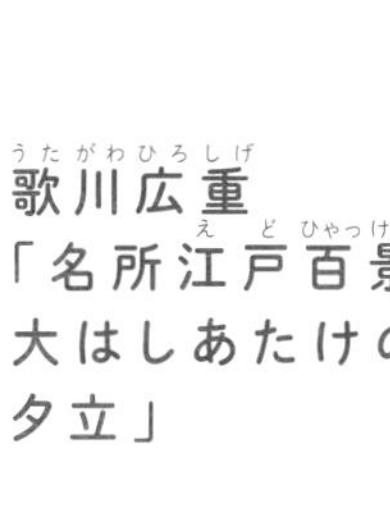

フィンセント・ファン・ゴッホ
「雨中の橋（広重による）」

歌川広重
「名所江戸百景
大はしあたけの
夕立」

便利な紙として伝わりました

先生はおとなになるまで、浮世絵の楽しさがさっぱりわかりませんでした。キニ子さん、すばらしいです！

浮世絵は、意外な方法で海外に伝わりました。日本は鎖国をしているあいだもオランダと貿易をしていて、ヨーロッパへは日本の陶磁器も輸出していました。その際、お茶わんなどが割れないように包んだり、つめものにしたりする紙に、浮世絵版画が使われていたといわれています。

包み紙だった浮世絵を見て、ヨーロッパの芸術家たちは、しょうげきを受けたそうです。また1867年のパリ万博に江戸幕府が浮世絵を出品すると、「ジャポニズム」という日本大好きブームが起こりました。

ゴッホは浮世絵の大ファンで、何百点も集めていたそうです。浮世絵を堂々とまねした油絵の作品は、ほかにもいくつか残っています。

なるとの表と裏が気になる

「なるとって、どっちが表か知ってるか？」

休み時間に、とつぜんナル男君が私になにかを差し出した。

なるとのついたキーホルダーだった。

なるとは、白いところにピンクのうずまきがあって、ナル男君といえば白いシャツにピンクのズボンだから、色を合わせてきたな、と思った。なるととナル男、名前も似ている。お母さんは「かまぼこデカ」といっていたけど、ちがった。なるとデカだ。デカじゃないけど。

なるとのキーホルダーをくれるというので「ラーメン博物館に行ったの？」と聞いたら、「横浜」といわれた。「中華街？」と聞いたら、「ケーキ屋の近く」といっていた。よくわからないので、それ以上は聞かなかった。

それよりも、どうして私にくれるのだろう。私のことが好きなのかなと思ったけど、そのあとプ口子さんにもあげていた。ただの金持ちか。

それで、なるとに表と裏なんてあるのだろうか。気になる。

味は同じですが、表と裏があるようです

うずまきがひらがなの「の」に見えるほうが、なるとの表といわれているようです。どちら向きでも味は変わりませんが、たしかにそのほうが見ていて落ち着く気がします。

なるとは、正式には「なると巻き」といい、海の流れがうずまきになる鳴門海峡のうずしおに似ていることから名づけられたといわれていますが、その証こはないようです。ちなみに鳴門海峡のうずしおは、「の」の字の反対向きにできることが多いそうですよ。

先生の家の近くのラーメン屋さんは、なるとが2枚のっていて、1ぱい500円なんです。じつは、昨日も小雨が降るなか、かさをささずフードをかぶって食べに行きました。

お金をはらうとき、そういえば500円玉の表はどっちだろうと思い、調べてみました。こう貨は、製造年が書いてあるほうが裏だそうです。お札は、人の顔（2千円札は守礼門）のあるほうが表とされています。

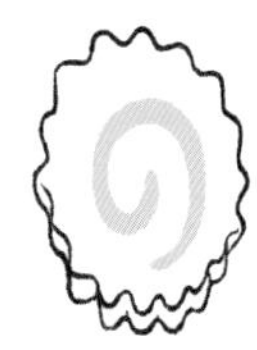

鳴門海峡のうずしおは「の」の字の反対向きが多い

こう貨は、製造年が書かれているほうが裏

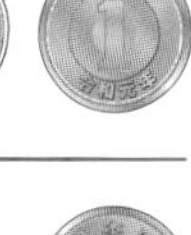

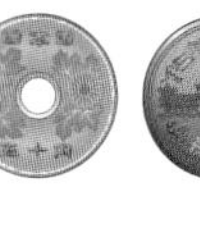

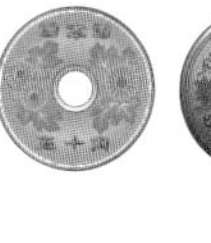

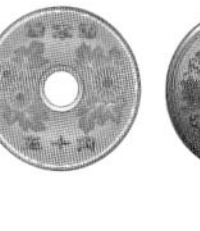

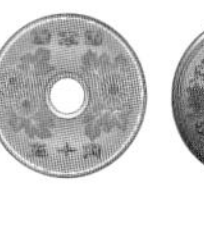
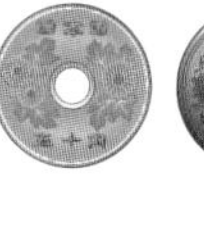

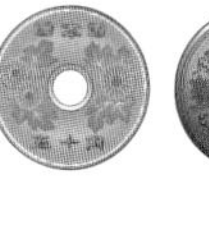

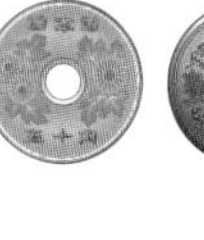

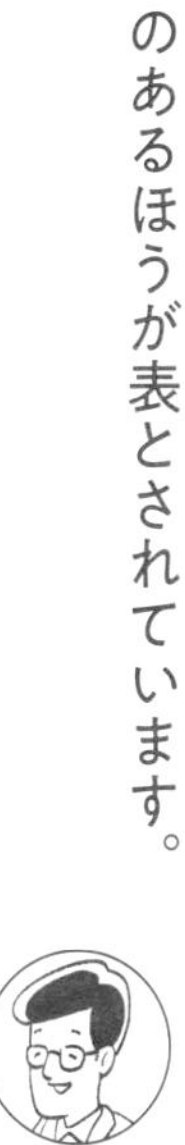

味自慢
ラーメン

満塁小学校

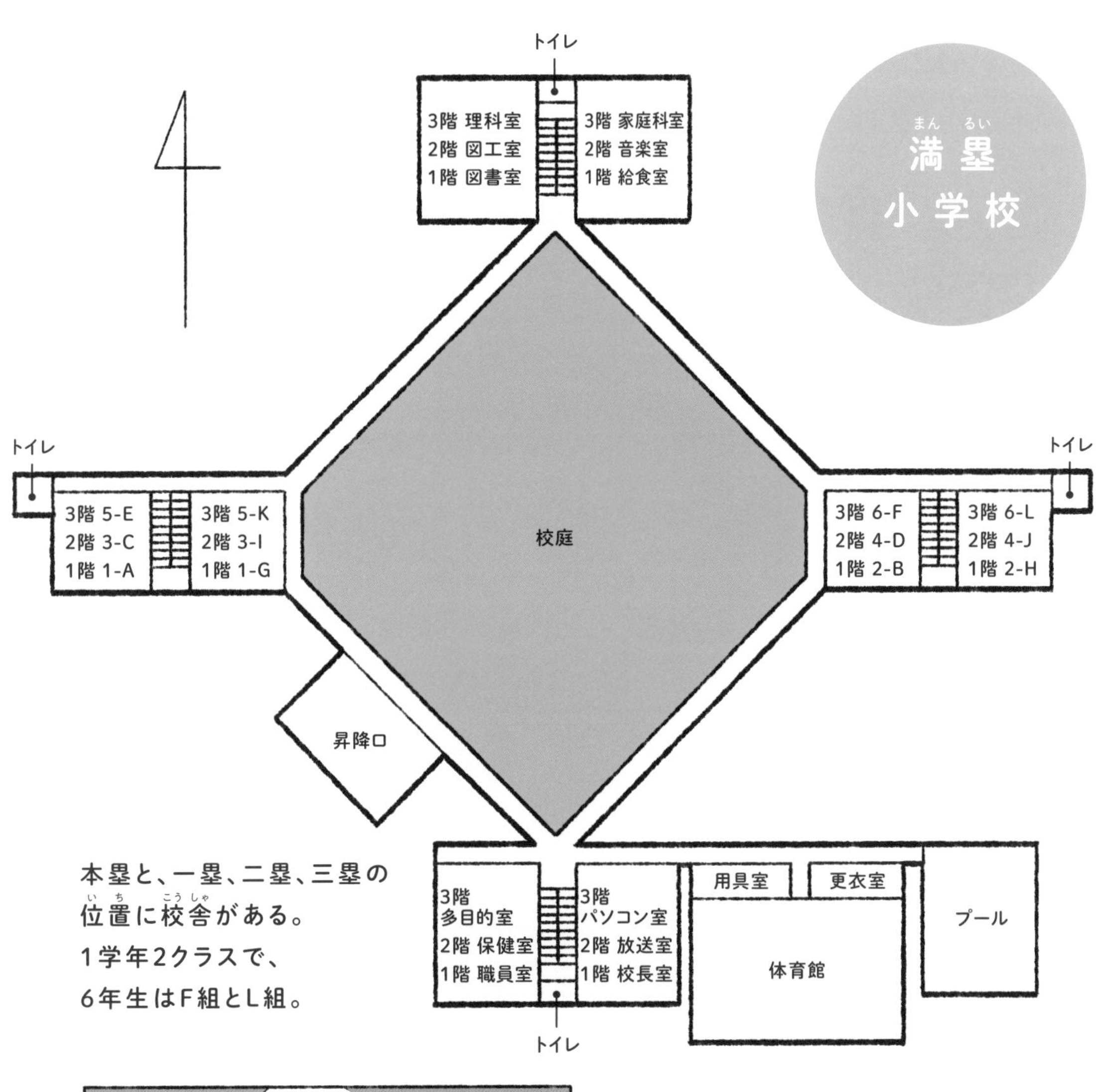

本塁と、一塁、二塁、三塁の位置に校舎がある。
1学年2クラスで、
6年生はF組とL組。

東京のまんなかより少し西のほうにある、意外と歴史の古い小学校。

6月22日

教室の向きが気になる

また今日もやっていた。となりの席のホラ男君が、授業中にちびえんぴつを机の上に並べている。何本あるか数えたら、8本あった。だんだん増えている。そんなにえんぴつが減るほど、ホラ男君が勉強をしているとは思えないのだけど…。

「今日は晴れているから、できるよ」とホラ男君がいうので、なんのことかなと思っていたら、「時間がわかるんだ。今は11時」と教えてくれた。

「えんぴつのかげの向きで時間がわかる。1年生のときから、窓側の席になったらやってるんだ。こっちが南だから」というので、へーっと思った。

「ぼくの先祖は、時計を発明したナントカっていう人の友だちだから」

そのホラは雑すぎてぜんぜん気にならなかったけど、気になることがある。

ホラ男君は、1年生のときからやっていると

いっていた。たしかにどの教室も、窓があるほうが南だ。
この満塁小学校の校舎は、本塁、一塁、二塁、三塁のところに建っていて、教室の向きは全部同じだ。教室の入口がまんなかを向いているほうが、移動しやすいのに。
どうして同じ向きなのかな。気になる。

どこの学校もだいたいそうですよ

ホラ男君の短いえんぴつは、日時計だったのですね。なにをしているのか先生も気になっていました。

教室の向きは、入口が北にあり、西に黒板、南に窓、と明治時代に決められ、今はその決まりはないですが、やはり多くの学校がそうなっています。

理由は、右利きの人がノートに書くときに、手のかげで暗くならないようにするためです。

ただし例外もあります。小学校の図工室や、中学校・高校の美術室は、強い光が差しこまないよう、北に窓がある場合があります。南に窓があると時間によってかげの長さや角度が変化して、絵がかきづらくなるためです。

信号の電気代が気になる

学校の帰り道に、プロ子さんと信号待ちをしていたら、「信号機って、ＬＥＤで消費電力をカットしているの。私の部屋の照明もそうなのよ」とプロ子さんが教えてくれた。

「さすが、プロ子さんだね」と私がいうと、「そうかしら」とプロ子さんがほほえんだ。そのとき、急に風がブワーッとふいて、プロ子さんのかみの毛をふわふわとゆらした。

その風のせいか、私のランドセルからなるとのキーホルダーが落ちた。

キーホルダーを拾いながら、あのときプロ子さんももらっていたことを思い出した。プロ子さんはつけないのかな。少し気になった。

信号の話を聞いて、もうひとつ気になることがあった。

「プロ子さん、信号の電気代はだれがはらっているのか気にならない？」と私がいったら、今度はプロ子さんが「キニ子さん、さすがね」と笑った。プロ子さんみたいにほほえんでみたけれど、私には風はふかなかった。

それはしかたないとして、電気代はだれがはらっているのか気になっている。

地元の信号機には、地元のお金が使われます

信号機の電気料金は、国ではなく各都道府県の警察がはらっているのですよ。

LEDの信号機は、電球式に比べ消費電力が6分の1、電球のじゅ命は6倍以上。光も明るくなったので、赤、黄、青の電気の大きさが、以前は直径30センチだったのが今は25センチが基準になったそうです。

また歩行者用の信号機は、まえは人以外のところが赤や青に光っていましたが、LEDにするときに、人の部分が光るように変こうしたそうです。

それにしても、信号機の大きさやデザインが変わっていたなんて、先生はまったく気がつきませんでした。

朝の会と帰りの会が気になる

明日は日直だ。いろいろやることがある。朝の会と帰りの会の司会もやらなければいけない。

朝の会と帰りの会といえば、気になっていることがある。それは「朝」と「帰り」が反対語になっていないことだ。朝の会に合わせるなら夕方の会だし、帰りの会に合わせるなら行きの会。それは変だけど。

お母さんに話したら、「じゃあ、私が明日学校に行って、代わりに日直をしてこようか？」といいだした。そんなこと、たのんでいないのに。

さいきん、お母さんは『起立・礼・たこやき』という学園ドラマにはまっている。高校でいろんな問題が起きて、さいごは先生と生徒がたこやきを食べながら語り合う、お決まりのストーリーだ。

このまえ、お母さんのお気に入りの男の子が、「卒業まで日直をやる！」と宣言したので、お母さんは日直が気になるみたいだ。

私が気になるのは日直じゃない。朝の会と帰りの会だ。

例外を見つける楽しさってありますよね

キニ子さん、今日は日直おつかれさまでした。

たしかに、始業式と終業式、低学年と高学年などは、反対の意味の漢字が使われていますが、朝の会と帰りの会はちがいますね。気づきませんでした。そして先生にも、その理由はわかりません。

ほかにも入学と卒業も反対になっていませんね。また登校と下校といいますが、なぜ上校ではなく「登」なのかも不思議です。電車は上りと下りと書くのに、なぜ学校は登るのか。昔は山の上に学校があったのかなとか、学校は学問を身につける志の高い場所という意味なのかなとか、想像がふくらみます。さらに上ばきに対しては、外ぐつ・外ばき・下ばきなど、いろんないい方があるようです。

ルールを見つけるだけでなく、例外を見つけるのも楽しいものですね。

7月

バタフライが気になる

今日は水泳の授業があった。５年生のときに、やっと息つぎができるようになったのに、１年のあいだにやり方を忘れてしまった。また一から出直しだ。

みんなの泳ぎを見ていたら、すごい子がいた。ナル男君だ。ピンクの海水パンツをはいていたから、すぐにわかった。どこまでピンクが好きなんだろう。水着の色は学校で決まっているのに、どうして許されているのかも気になる。

ナル男君は、なんとバタフライを泳いでいた！　バタフライを泳いでいる人をなまで見たのは、はじめてだ。うでの動きや、頭の動き、波しぶきまで美しかった。美しかったけど…。

バタフライって、なんのためにあるのだろう。クロールは速い。平泳ぎは長い時間泳げるらしい。背泳ぎは、水がきたないときでも安心だと思う。でもバタフライは…？　ただ目立ちたいだけの泳ぎとか？

バタフライって、どこの国で、どうやって生まれたのかな。

もともと平泳ぎだったんです

平泳ぎを
速く泳ぐために

手の動きを変えたら

みんなが
そうするので
種目にした

バタフライは、平泳ぎが進化したものです。

平泳ぎは当初、「うつぶせで、左右の手足の動きが対照的な泳法」としか決められていませんでした。そこで、１９２８年のアムステルダム五輪のとき、平泳ぎの選手が少しでも速く泳げるよう、手の動きを今のバタフライのようにして泳いだのが始まりです。

その後、ほとんどの選手が「手だけバタフライの平泳ぎ」をするようになったので、１９５６年のメルボルン五輪から、平泳ぎとはべつに、「バタフライ」として正式種目となりました。

同じころ、ドルフィンキックとよばれるバタフライの足の動きも生まれました。ある日本の選手がひざを痛めて平泳ぎの足ができなくなったため、いるかのおひれのように両足で水をけるドルフィンキックで泳いだら、世界新記録をこう新。みんながまねするようになりました。バタフライは、日本人によって完成したといわれているのですよ。

そうめんとひやむぎが気になる

家庭科の調理実習で、そうめんを作った。そうめんなんて簡単簡単と思っていたら、大まちがいだった。めんをゆでるときに、ふきこぼれる班が続出した。

こんなときは、プロ子さんに裏技を教わるのがいちばんだ。

「なべの上にさいばしを置くと、ふきこぼれを防げるわよ」とプロ子さんがいうので、どの班もさいばしをなべの上に置いた。するとプロ子さんが、今度はこういった。

「それでもふきこぼれることがあるから、フライパンでゆでるといいわよ」

じゃあ、さいしょのさいばしの話いらなくない？

だれもがそう思いながら、あわててフライパンを出していた。今さらフライパンに入れかえるなんて大変だけど、ここまできたら確かめずにはいられなかった。

フライパンだと、ふきこぼれなかった。でもどの班もゆですぎて、そうめんがのびてしまった。

だれかが「この技、ひやむぎでもいける？」と聞くと、「ええ」とプロ子さんがほほえんだ。

そのときは気にならなかったけど、あとで思った。そうめんとひやむぎのちがいってなんだっけ？

直径1・3ミリが境目です

	○ 1.3mm未満	○ 1.3mm以上1.7mm未満	○ 1.7mm以上
機械	そうめん	ひやむぎ	うどん
手のべ	そうめん・ひやむぎ		うどん

機械でめんを作る場合は、その太さで決まります。めんのなかでは、そうめんがいちばん細くて、直径が1・3ミリ未満。

ひやむぎは1・3ミリ以上、1・7ミリ未満。

そして1・7ミリ以上のものが、うどんになります。

いずれも、ゆでるまえの太さです。

しかし機械なら0・1ミリ単位で測れても、手でめんを延ばしていく手延べの場合は測るのが難しいなどの理由により、基準が変わります。

直径1・7ミリ未満のものは、手延べそうめんか、手延べひやむぎ。1・7ミリ以上のものは、手延べうどん。つまり、手延べの場合は、そうめんとひやむぎが同じ太さでもいいことになります。ものごとの境目は、案外きっちりしていないのかもしれませんね。

ちなみに、そうめんは西日本で、ひやむぎは東日本で好まれるそうです。あれ？　東日本と西日本の境目って、どこだったかな…。

東日本と西日本の気になる境目

じつは、はっきり決まっていない！

よく見たり聞いたりする、東日本と西日本。意外にも、どこからが東日本でどこからが西日本か、その境界線は決まっていないのです。3つの代表的なわけ方を見てみましょう。

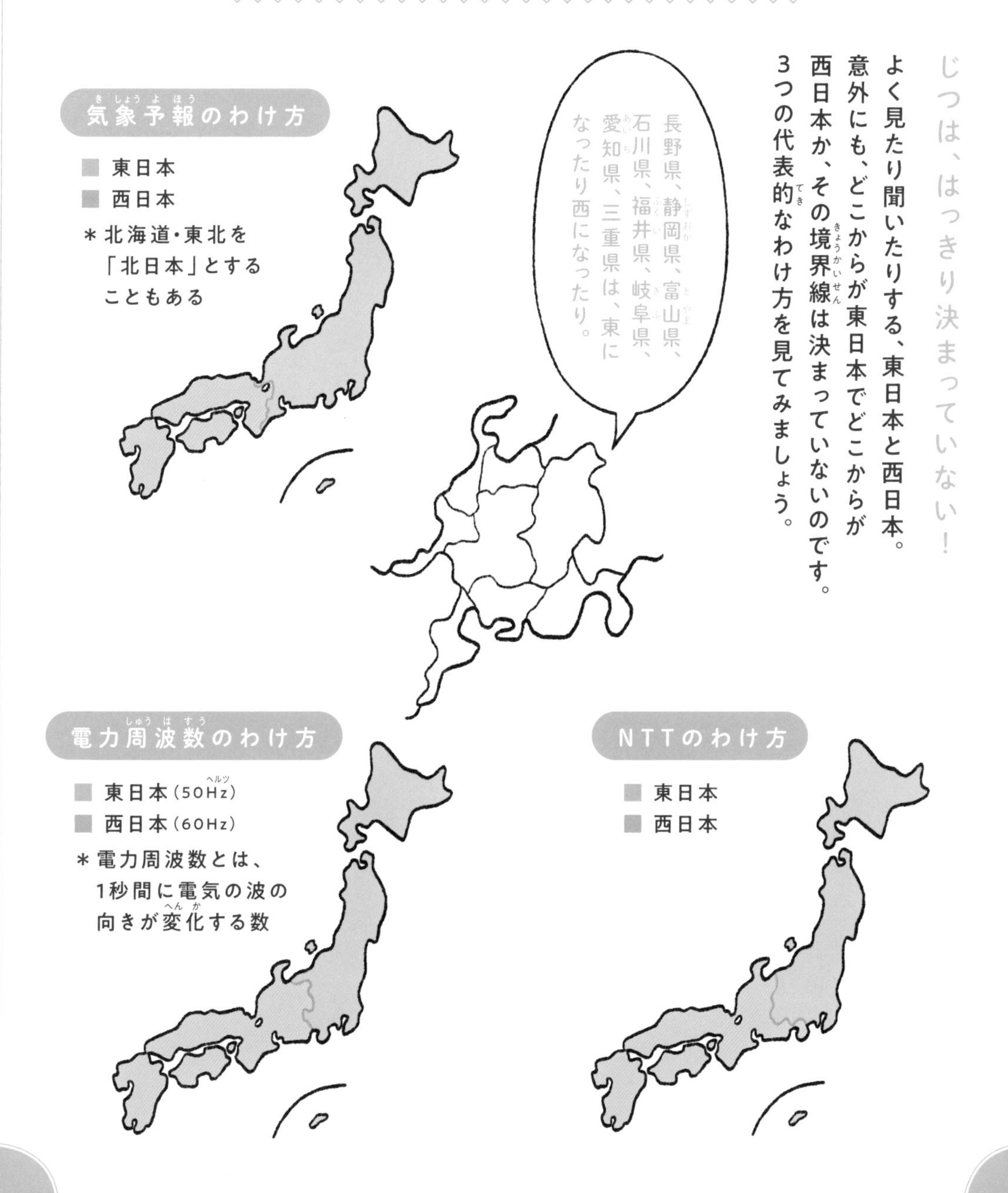

7月 8日

同じ誕生日が気になる

「ナル男君って、やっぱりピンクが好きなのかな？」

放課後に、いきなりサラ子ちゃんがそういった。

「どうして？」と聞くと、「誕生日プレゼントを選ぶから」というので、びっくりした。

「好きじゃないと、あのズボンははかないよね」と答えた。

すると、「キーホルダーのなるとも、ピンクのうずまきだもんね」とサラ子ちゃんがいうので、え？　と思っていると、「キニ子ちゃん、ランドセルにつけてるでしょ。私はじゅくのバッグにつけてる」とサラリといわれた。

サラ子ちゃんがじゅくに行ってることも知らなかったけど、サラ子ちゃんももらっていたことも知らなかった。ほかにももらっている子がいるかもしれないのに、私だけランドセルにつけていて、はずかしくなった。

「誕生日プレゼントあげるの？」

そう聞こうとしたら、ホラ男君がやってきた。

「サラ子とナル男って、誕生日が同じなんだってな」

またびっくりした。

「うん。だから、いっしょにケーキ食べようっていわれたんだけど」

またまたびっくりした。

「いつ?」とホラ男君が聞くと、「22日」とサラ子ちゃんがいった。

ショートケーキの日だ!

「誕生日会はやらないけど、誕生日が同じだからうちでケーキでも食べようっていわれて」

「つきあってるのか?」と、ホラ男君もさすがにびっくりしていた。

「まさか」

サラ子ちゃんはサラリというけれど、いつもサラリとしているからなんだかよくわからない。

「でも同じ誕生日って、運命的だよな。40人しかいないクラスで、同じ誕生日のカップルなんてめったにいないぜ。運命の出会いじゃん」

「まさかまさか」

「でもすごいことだって! つきあえよ」

ホラ男君、うざい。「同じ誕生日のカップル」なんて、変ないい方! めずらしいかもしれないけど、運命的なんていいすぎだと思う。なんか納得いかない。

なんと、40人のクラスなら、90%の確率で同じ誕生日のペアがいるのです

キニ子さん、安心してください。40人のクラスに同じ誕生日のペアがいる確率は、約90%です。運命的というほどではありません。

40人しかいないのに、90%も？と思うかもしれませんね。

クラスの人数が少なければ、その確率は低く、人数が増えるほど確率が高くなるのはイメージできると思います。

それを計算して求めていったものが、左上の表です。細かいことは気にせず、いちばん右の%を見てください。

クラスの人数が40人なら、同じ誕生日のペアがいる確率は89・12%、つまりおよそ90%になります。

ただしこれは、クラスに「自分と

クラスの人数	ペアがいない確率	ペアがいる確率
1	100%	0%
2	99.73%	0.27%
3	99.18%	0.82%
4	98.36%	1.64%
5	97.29%	2.71%
6	95.95%	4.05%
7	94.38%	5.62%
8	92.57%	7.43%
9	90.54%	9.46%
10	88.31%	11.69%
⋮	⋮	⋮
20	58.86%	41.14%
21	55.63%	44.37%
22	52.43%	47.57%
23	49.27%	50.73%
⋮	⋮	⋮
30	29.37%	70.63%
⋮	⋮	⋮
38	13.59%	86.41%
39	12.18%	87.82%
40	10.88%	89.12%

← クラスの人数が3人の場合、このなかに同じ誕生日のペアが「いない」確率が約99%、「いる」確率が約1%

だんだん「いない」確率が減り、「いる」確率が増えていって…

← クラスの人数が23人になると、同じ誕生日のペアが「いない」確率が約50%、「いる」確率が約50%

← クラスの人数が40人になると、同じ誕生日のペアが「いない」確率が約10%、「いる」確率が約90%

考え方のコツ

- 同じ誕生日のペアが「いる」確率を考えようとすると、同じ誕生日の人が3人いる場合や、2組いる場合も考えなくてはならなくて、とっても大変！
- 「いない」確率を計算して、100%から引けばいい！

同じ誕生日の子がいる」確率ではありません。「同じ誕生日のペアがいる」確率です。

　それがたまたま、ナル男君とサラ子さんだったのですね。

●考え方

（興味があったら読んでみてください）

　クラスの人数がふたりのとき、3人のとき…と、順番に確率を計算していきます。ただし、同じ誕生日のペアが「いる」確率を求めるのはややこしいので、同じ誕生日のペアが「いない」確率を求めます。それを全体、つまり100%から引くと「いる」確率になります。

　たとえば、同じ誕生日のペアが「いない」確率が70%なら、「いる」確率は30%になります。

「いない」確率のくわしい求め方は、キニ子さんが高校生になったら考えてみてくださいね。

世界遺産が気になる

家族で伊豆へ行った。「韮山反射炉」というのをみんなで見るためだ。

明治時代に、金属をとかして大ほうなどを造ったところらしい。高いとうのような建物が、ふたつ建っていた。金属をとかす「溶解炉」だそうだ。それはたしかに、はじめて見るものだったけど…。

地味！　いくらなんでも地味すぎる。うちのおでかけは、行き先がいつもびみょうで困ってしまう。

「まえに来たときは、キニ子も生まれていなかったからなあ」とお父さんがしんみりつぶやいた。

まえにも来たの？　ここ、2回来る必要ある？　と思った。

「そのときはまだ、世界遺産じゃなかったしね」とお母さんがいった。

これが世界遺産？

世界遺産といったら、ものすごーくきれいな景色とか、古くて立派すぎる建物とか、そういうのだと思っていたけど、こんな地味な世界遺産ってあるのだろうか。

どうして選ばれたんだろう？　気になる。

日本人のパワーがつまっています

今や世界遺産は世界に1000件をこえるほどですから、その個性もさまざまです。韮山反射炉は、それだけで世界遺産なのではなく、「明治日本の産業革命遺産」として登録されている23の資産のうちのひとつです。

江戸時代に鎖国をしていた日本は、幕末から明治時代にかけての約50年のあいだに、西洋の技術と日本文化をかけ合わせ、いっきに産業と経済を発展させました。これはすごいことで、その秘密がひとつひとつの資産にかくされているわけです。

世界遺産というと、はでなイメージもありますが、先生はこういう地味な遺産を見るのが大好きです。先生が地味だからかなあ。

「明治日本の産業革命遺産」には、ほかにも…

端島炭坑（軍艦島）

海底炭鉱から石炭をほるために作られた、戦かんのような島。今は無人島だが、映画やテレビのさつえいに使われ、観光ツアーも人気。

長崎造船所
ジャイアント・カンチレバークレーン

1909年に、日本ではじめて設置された電動クレーン（イギリス製）。今でも使われているため、海外の専門家も大絶賛！

韮山反射炉
おみや

タヌキの好(す)きな場所

ぐちゃぐちゃの引き出しを
のぞくのが好き

「シンヤの言葉」
の上でごろごろ
するのが好き

体がプルプル
ふるえてくるのを
見るのが好き

7 月 16 日

かちかち山が気になる

トイレに、新しい「シンヤの言葉」がはってあった。

「かちかち山はひっくり返る」と書いてある。

「ものごとの価値なんてものは、場合によって180度ひっくり返ることがあるって意味だ」と説明された。

じゃあ、そう書けばいいのに。

「かちかち山の話、知ってるか？　ある日、おじいさんが、畑をあらすたぬきをわなでつかまえる。しかしたぬきは、おじいさんのいないすきに、おばあさんをだまして殺し、『ばばあじる』を作る。そしておばあさんに化けて、おじいさんにばばあじるを飲ませてにげる。それを聞いたうさぎが、仕返しをするために、たぬきをしばかりにさそう。その帰り、たぬきの背中のしばに火をつけて、やけどを負わせる。そしてたぬきの背中に薬だといって、とうがらし入りのみそをぬる。さらにうさぎは、たぬきをどろのふねに乗せて、自分は木のふねに乗って海に出る。どろのふねはとけて、たぬきは海におぼれて死ぬという話だ」

そういわれて、おどろいた。こんなにこわい話だったっけ？

「でも場合によっては、たぬきはさいごに死なないこともある。かちかち山も、ひっくり返るのだ」

どういうことだろう。

キニ子さんなら、どうしますか？

かちかち山のお話は、先生も気になっていました。もともとは室町時代に作られたといわれています。火や水で悪者をこらしめるのは、昔の裁判などによる「ばつ」としてえがかれているようですが、今の時代には、なじまないかもしれませんね。

絵本などの場合、たぬきがおばあさんを殺して、ばばあじるを作る場面をカットすることが多く、ちがう理由でおばあさんが死ぬ本もあれば、死なない本もあります。たぬきもさいごに心を入れかえて許してもらう本もあります。

正解はありません。時代や価値観などによって変わることですから、自分ならどうするかを考えることが大切です。キニ子さんなら、どんなかちかち山にしますか？　それは、どうしてですか？

7月　20日

べつのことが気になる

今日は1学期の終業式だ。通知表をもらうのもいやだったけど、それ以上に朝からゆううつだった。ナル男君にわたすものがあったからだ。

なるとのキーホルダーのお返しに、韮山反射炉のキーホルダーを買ったのに、なんとなくわたせないまま終業式になってしまった。ほかにもらった子がお返しをしていたら私だけ今ごろになってしまったし、ほかの子がお返ししていなかったら私だけするのもはずかしい。でもせっかく選んで買ったし、2学期にわたすのも変だから、今日がさいごのチャンスだった。

帰りに、「わたしたいものがある」とナル男君に声をかけたら、「今、急いでるから、夕方の6時半に、そうだな、駅前の薬局のビルの屋上で」といわれた。返事をするまえに、ナル男君は走って行ってしまった。

6時半に、ビルの屋上。ふだんはそんな時間に出かけないけど、「明日から夏休みだから、クラスの子と集まる」と理由をつけて家を出た。

薬局のビルのエレベーターで「R」のボタンをおして、とびらが開いたら、そこは屋上だった。ナル男君は、もういた。

「これ、なるとのお返し。びみょうなもので、ごめん」

はずかしかったから、謝りながらわたした。なのにナル男君は、

「反射炉だ！　かっこいい！　韮山行ったの？」と興奮していた。

韮山反射炉がかっこいい？　あんなにはずかしいと思っていたのに、かっこいいなんて。

かちかち山がひっくり返った！

「なるほど。キニ子って、そういうところ、かっこいいよな」

ナル男君が笑った。かっこいいのは、韮山反射炉？　それとも私？

屋上から、真っ赤な夕陽が見えた。夕陽を見て、ナル男君がいった。

「まえに理科の実験で、ものが燃えるには酸素が必要だって習ったよな。宇宙には酸素がないのに、太陽ってどうして燃えるんだろう。キニ子、気にならないか？」

そんなこと、ぜんぜん気にならなかった。

1学期が終わり、この日記帳もちょうど終わったので、
キニ子さんはさいごの日記を提出しませんでした。
もしもC介先生が日記を読んだら、こう書くでしょうか。

太陽は燃えていません。「燃えている」というのはたとえで、
実際には水素がぶつかりあって生まれた大きなエネルギーが
強い光や熱として放出され、燃えているように見えるのです。

それともキニ子さんが気になっていることについて、
なにか書いてくれるのでしょうか。
気になるところです。

主な参考文献・資料・情報提供

- 総務省統計局
- 厚生労働省
- 財務省
- 文部科学省
- 内閣府
- 警視庁
- 政府統計の総合窓口「e-Stat」
- 『大辞林』（三省堂）
- 一般社団法人教科書協会
- 『ビジュアル理科事典』（市村均　学研プラス）
- 「週刊東洋経済」（東洋経済新報社）
- 朝日新聞（朝日新聞社）
- 『世界大百科事典』（平凡社 編　平凡社）
- 『マンホールのふたはなぜ丸い？』（中村義作　日本経済新聞出版）
- 『頭のいい子が育つ！ 子どもに話したい雑学』（多湖輝　監修　KADOKAWA）
- 『日本語を使いさばく 名言名句の辞典』（現代言語研究会　あすとろ出版）
- 『ゲーテ格言集』（高橋健二　新潮社）
- 『強く生きる言葉』（岡本太郎　イースト・プレス）
- I. Aihara, D. Kominami, Y. Hirano, & M. Murata, "Mathematical Modelling and Application of Frog Choruses as an Autonomous Distributed Communication System." Royal Society Open Science, 6:181117 (2019).
- 朝日新聞DIGITAL（2019 1/16）「カエルの合唱、実は高度な技だった　通信開発へ応用も？」
- 『大辞泉』（松村明 監修　小学館国語辞典編集部 編集　小学館）
- 『日本大百科全書』（小学館）
- 『これだけは知っておきたい「心理学」の基本と実践テクニック』（匠英一　フォレスト出版）
- 『「なるほど！」とわかるマンガ　はじめての心理学』（ゆうきゆう 監修　西東社）
- 日本洋傘振興協議会
- 『飼い主のための犬種図鑑ベスト185』（藤原尚太郎 監修　主婦の友社）
- 『いちばんよくわかる犬種図鑑 日本と世界の350種』（奥田香代 監修　メイツユニバーサルコンテンツ）
- 『ときめく猫図鑑』（福田豊文　山と渓谷社）
- 「日経サイエンス 2009年9月号」（日経サイエンス）
- 『ゴッホが愛した浮世絵 ―美しきニッポンの夢』（NHK取材班　日本放送出版協会）
- 『面白いほどよくわかる浮世絵入門』（深光富士男　河出書房新社）
- 『世界でいちばん素敵な西洋美術の教室』（永井龍之介 監修　三才ブックス）
- 『巨匠に教わる絵画の見かた』（早坂優子　視覚デザイン研究所）
- 「学校建築図説明及設計大要」（文部大臣官房会計課建築掛 編　文部大臣官房会計課）
- 「水泳で一番カンタンなのはバタフライ　うがいができればバタフライはできるんです！」（花村育彦　impress quickbooks）
- 全国乾麺協同組合連合会
- 『世界文化遺産日本歴史紀行6 明治時代・昭和時代』（龍門達夫）
- 『ラストサムライの挑戦！ 技術立国ニッポンはここから始まった！ 明治日本の産業革命遺産』（岡田晃　集英社）
- 『いまむかしえほん5 かちかち山』（文／広松由希子 絵／あべ弘士　岩崎書店）
- 『日本の昔話えほん・7 かちかちやま』（文／山下明生 絵／小山友子　あかね書房）
- 『かちかちやま』（ぶん／まつたに みよこ え／せがわ やすお　ポプラ社）
- 『日本名作おはなし絵本 かちかちやま』（文／千葉幹夫 絵／井上洋介 小学館）
- 日本かまぼこ協会
- 株式会社カクヤマ　　他多数

間部香代（まべ かよ）

愛知県生まれ。日本児童文芸家協会、日本童謡協会会員。著書に『よろしくパンダ広告社』（学研プラス）、『区立あたまのてっぺん小学校』（金の星社）、『しょうぎ はじめました』（文研出版）、『回文で遊ぼう きしゃのやしき』（あかね書房）、『まーだだよ』『どんぐりないよ』（以上、鈴木出版）などがある。

クリハラタカシ

1977年東京都生まれ。漫画家、イラストレーター、絵本作家。1999年アフタヌーン四季大賞を受賞。著書に漫画『ツノ病』『隊長と私』（以上、青林工藝舎）、『冬のUFO・夏の怪獣』（ナナロク社）や、絵本『ぱたぱた するする がしーん』（福音館書店）、『これなんなん?』（くもん出版）などがある。

キニ子の日記（上）

2020年9月10日　第1版第1刷発行

作　間部香代
絵　クリハラタカシ
装丁　坂川朱音
本文デザイン　坂川朱音＋田中斐子（朱猫堂）
発行所　WAVE出版
〒102-0074
東京都千代田区九段南3-9-12
TEL 03-3261-3713／FAX 03-3261-3823
振替 00100-7-366376
E-mail info@wave-publishers.co.jp
https://www.wave-publishers.co.jp
印刷　株式会社サンニチ印刷
製本　大村製本株式会社

NDC913 79P 20.7cm ISBN978-4-86621-296-8